여기는
루퐁이네

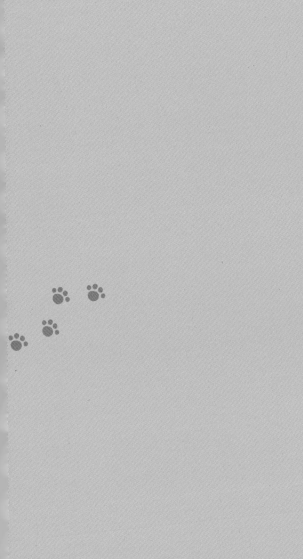

★FOR YOU★

To. 즐거운 집사 생활을 꿈꾸는

_____ 에게

From. 루디&퐁키

안녕? 천사들
Prologue

퐁키

루디

때는 2015년, 〈대한민국〉에서
희대의 사건이 일어났어요.

미래에 전 세계 랜선 집사들을 웃게 하는
흰둥이 두 마리가 태어났으니….

쌈바!

오오!
러러!

바로 언니 루디와 동생 퐁키예요.

아기 시절은 작고 소중한 뽀시래기 그 자체!
개춘기 시절은 티격태격하는 꾸러기들.

어른 시절은 사랑스럽고 소중한
큰 뽀시래기.

바라만 봐도 심쿵하는 루퐁이의 매력에
랜선 집사들은 흠뻑 빠지고 말았어요.

"나만 없어, 강아지!"

채소 농장 하나
접수쯤은 쉽다올.

까까 좋아하던 퐁키는 채식 퐁키로 거듭나고
"오이 먹을까?"에 벌떡 일어나 퐁총 퐁총 뛰어요.

이모, 삼촌들보다 야채 잘 먹는
퐁키. 이런 강아지 또 있을까요?

아이돌 데뷔하면
당연히 pick?

사람 좋아하는 루디는 골반댄스 최강견.
뱅글뱅글 꼬리 돌리며 쌈바춤을 춰요.

루디가 댄스 선생님이었으면
1년 내내 학원 다녔을 것 같아요.

To. 루퐁이를 사랑하는 랜선 집사님들

안녕하세요. 루퐁이 엄마예요.
루퐁이가 아가였을 때, 루퐁이의 일상을 남기고 싶어서 인스타그램에 영상을 올리기 시작했어요.
그렇게 소소하게 시작한 루퐁의 일상 이야기가 유튜브로 이어졌고, 루퐁이를 사랑해 주시는 분들
덕분에 어느새 구독자 200만 명이 훌쩍 넘는 채널이 되었어요.

소심한 인싸 루디와 용맹한 겁쟁이 퐁키의 영상을 보시고 많은 분들이 "루퐁이 덕에 웃을 수
있었다", "힐링이 되었다", "루퐁이를 보며 힘을 낸다", "루퐁이 일상을 보여 줘서 고맙다"…… 라는
댓글을 남겨 주셨어요.

수많은 댓글을 읽으며 루퐁이의 일상을 영상으로 공유하는 것도 좋지만, 루퐁이를 사랑해 주시는
분들이 직접 소장할 수 있는 무언가가 있었으면 좋겠다는 생각을 막연하게 해 왔어요.

루퐁이와의 첫 만남부터 성장하는 과정들, 구독자님들과 함께 울고 웃었던 잊지 못할 소중한
순간들, 그리고 루퐁이의 귀엽고 사랑스러운 모습들을 간직할 수 있는 것, 두고두고 보며 힐링할 수
있는 것…… 이러한 생각과 많은 분들의 관심과 응원이 더해져 루퐁이의 첫 책인 〈여기는 루퐁이네:
안녕? 천사들〉이 세상에 나올 수 있었답니다.

앞으로도 여러분과 루퐁이의 소소한 일상을 공유하며 행복을 전달해 드릴게요.
루퐁이를 사랑해 주시는 모든 분들께 감사 드립니다. 항상 건강하세요 :)

From. 루퐁맘

유쾌함 넘치고 사랑 가득한
루퐁이네 이야기가 궁금하지 않나요?

지금 바로 만나 보세요.

루디(RUDY)

포메라니안 암컷

체중 3.8kg

2015년 3월 10일 생

쌈바요정이라 불리는 의젓한 첫째 강아지

퐁키(PONGKI)

포메라니안 암컷

체중 1.4kg

2015년 5월 28일 생

욹욹쟁이라 불리는 발랄한 둘째 강아지

★차례★

Chapter 3 루퐁이의 여행

〈쉬어 가기〉

★ Chapter 1 ★
아기 루퐁이와의 만남

루디 퐁키 DIARY

1화 루디의 성장 일기

루퐁이네　루퐁이네

엄마는 내가 애어른 같다며 나를 루디씨라고 불러.

오늘은 특별히 나의 아기 시절을 공개할게. 쌈바~!

이름: 루디 / 성별: 암컷
견종: 포메라니안
생일: 2015년 3월 10일

별명: 루디씨, 쌈바요정,
　　　루보살 외 다수
특징: 착함. 그냥 막 착함.
　　　처음 보는 사람을 좋아함.

우아~

쌈바♡

쌈바♡

쌈바를 추고 "그르릉" 하는 건
기분이 매우 좋다는 거예요.

14

머리동절

누구냐멍?

우리의 첫 만남
소심했던 아가
뾰시래기 시절
작고 소등해

처음 만났을 때 그 눈빛은 아직도 생생해요.

루디 엄마

뾰 송♡

나랑 같이 살자~.
행복하게 해 줄게!♥

뾰 송♡

루디 아빠

루디

루디 2개월 때

집 도착!

쿨 쿨

집에 오자마자 계속 잠만 자요.

15

루디의 아가아가한 모습들이에요.

귀엽뽀짝♡

희대의 짤 생성!

두

둥!

쫀꼬미 루디의 첫 산책

햇살이 따뜻하고 좋다멍.

노곤~

노곤~

산책하고 나서 꿀맛 같은 낮잠을 자요.

루디 3개월 때
삑삑이 덕후의 시작

삑

삑

끼잉~

끼잉~

안 줄 꼬야!
내 꼬야!

하루가 다르게 커 가는 것 같아요.

이제 제법 힘도 쓸 줄 알지요.

16

루디의 목욕 준비
물을 싫어하는 천사
현실 목욕

엄마… 나 목욕 안 하면 안 돼?

그렁~

그렁~

저기… 누구세요?

쯔잿

이게 뭐지?

킁킁

태어난 지 100일 된 루디예요.

루디 4개월 때
아지트의 시작

루디~, 루디씨~, 어딨어?

음냐… 음냐… 누가 날 부르는 것 같은댕?

가끔 안 보여서 찾아보면 소파 밑에 있더라고요.

소파 밑이 편하다멍.

17

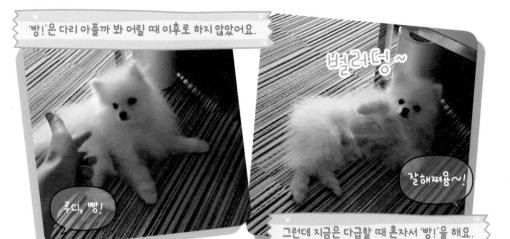

'빵!'은 다리 아플까 봐 어릴 때 이후로 하지 않았어요.

뿌빌러덩~

루디, 빵!

잘해쪄옴~!

그런데 지금은 다급할 때 혼자서 '빵!'을 해요.

엄근진

루디는 똑똑하고 얌전한 강아지랍니다.

루디의 흑역사
원숭이 시절
흑역사 생성하는 줄 모르고
　마냥 행복

원숭이인지 강아지인지

부스스-

해맑

구분 불가 시절도 있었어요.

루디 5~6개월 때
절친 이모 생김
댕댕이 루디

짱 긋

루디야,
이리 와.

나 불렀쩌?

처음 보는 이모 품에 포옥 안겨 있는 루디.
루디는 아기 때부터 낯선 사람을 엄청 좋아했어요.

퐁키와의 첫 만남
동생 생김

이 솜뭉치는
누구지?

두근

퐁키

두근

그거… 내 최애
간식이다멍… 쩝…

언니,
나랑 놀자!

냠냠

오리 목뼈

가장 좋아하는 간식을 퐁키가 훔쳐 먹어도
루디는 가만히 보고만 있어요.

내성적인 루디에게 친구가 있었으면 좋겠다는
생각에 퐁키를 데려왔어요.

19

냠냠

쩝쩝

최애 간식 오리 목뼈

어디가 이불이고 어디가 루디인지

쿨 쿨

잘 때는 거의 물아일체

쿠 궁

루디는 선천적으로 다리가 약했어요. 1살 이후에 수술해 주고
싶었지만 고관절까지 틀어졌다고 해서 급하게 수술을 결정했어요.

사뿐

사뿐

수술은 아주 잘됐다고 해요!

앙상~ㅠㅠ

너무 앙상한 다리···
털양말을 신었네요.

20

루디 9개월 때
가장 크게 사고(?)친 것

맛있다~ 냠냠.
역시 몰래 먹는
간식이 체고~!

쩝 쩝 쩝

왕

집중

별러덩~

몰라,
배 째~!

루디가 제일 크게 사고친 것은 바로,
간식 봉지 훔치기!

루디는 평소 얌전한데, 기분이 좋거나
다급할 때는 짖고 쌈바춤을 춰요.

루디 10개월 때
털 찐 루디
쌈바타임

뽀 송

뽀 송

털이 점점 올라오는 게 보이죠?

멍!

멍!

이모다!
이모!

쌈바

멈출 줄 모르는
쌈바타임~!

쌈바

퇴근해서 올 때 반겨 주는 아이들을 보면
수고했다고 토닥토닥 해 주는 것 같아요.

엄마닷!
읋읋!

엄마,
수고했쪄!

21

풍키와 함께 보낸
루디의 생일

어느새 루디가 1살이 되었어요.

언니,
생일 축하해~!

꼬옥♥

풍키야,
고마워.

루 디♥

루디를 만나고 시간이 참 빠르게 흘러간 것 같아요.

그렇게 두 번째 생일도 지나가고

Happy Birthday

반짝

세 번째 생일...

반 짝

그리고 네 번째 생일까지 예쁘게 자라 준 루디!

내 성장 일기도
궁금하지?

지금까지 말썽 한 번 안 부리고 화 한 번 안 낸
너무 착한 루디의 성장 일기였습니다.

하루가 다르게 커 가는 루디씨

루디는 엄마한테 올 때부터 슬개골이 좋지 않아 수술을 해야 했어.

찡긋

잘 부탁해~, 루디.

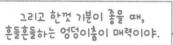

8개월 때 수술하고, 다행히도 건강해졌어.

폴짝

폴짝

루디는 평소 얌전한데, 너무 좋으면 짓더라고.

흔들

흔들

그리고 한껏 기분이 좋을 때, 흔들흔들하는 엉덩이춤이 매력이야.

Samba~ ♪

Samba~

그렇게 쌈바의 요정이 된 우아한 루디씨. 루디씨의 즐거운 견생을 응원해!

퐁키 첫 목욕한 날
골룸퐁키
물 만난 강아지
이때부터 목욕 조아

엄마, 이런 걸
꼭 찍어야 해?

골룸?

두웅!

위이잉~

역대급 원숭이 절정기 시절이에요.

뽀송

뽀송

퐁키 태어난 지
140일

냠♡

냠♡

오잉? 뭐가 이렇게
맛있지?

꾸벅

먹으니까
또 졸음이…

꾸벅

27

여전히 시도 때도 없이 자고 있어요.

퐁키는 먹고 자고,
또 먹고 자기를 반복해요.

퐁키야, 그렇게
맛있어?

말 시키지 마웅!
냠냠~!

냠냠

냠냠

두근 ♡

두근 ♡

엄마? 무슨
일인데?

드디어!

태어난 지 199일 되던 날
드디어 1kg 달성

숙녀의 몽무게를
공개해 버리다니...
쑥스럽다웅.

퐁키가 너무 안 자라서 얼마나
걱정했는지 몰라요ㅜㅜ 대견해!

퐁키가 처음 엄마 집에 온 날

뒤뚱 뒤뚱

퐁키는 태어난 지 103일째 되던 날 엄마와 루디 언니가 있는 집에 왔어.

언니? 뎀벼! 뎀벼!

으으 으으

엄마, 이 꼬물이는 누구야?

루디

이후 잘 먹고 잘 자더니 원숭이가 되어 버렸지 뭐야.

바나나가 먹고 싶다옹!

후암~

얘, 진짜 강아지 맞아요?

이제 개껌 좀 씹을 줄 안다규.

질겅 질겅

어느새 똥꼬발랄해진 퐁키. 건강하게만 자라다오.

루 디 퐁 키

루퐁이네 3화 루퐁이의 만남, 그리고 1년 루퐁이네

루디가 6개월쯤 되었을 때
3개월 된 퐁키가 왔어요.

오둑

오둑

아기 루디 ♥
아기 시절부터
조용하고 착함.

아기 퐁키 ♥
아기 시절부터
남다른 먹성 보임.

루디와 퐁키의 첫 만남

내 껀댕...
쩝...

태어나서
이런 맛은
처음이야!

배려왕 루디

깨발랄 퐁키

냠냠

아끼는 간식을 퐁키가 뺏어 먹어도
루디는 가만히 지켜봐 주었어요.

34

사이좋은 루퐁이
지킴이 루디
껍딱지 퐁키

울 퐁키, 언니가
지켜 줄게!

언니 옆에
꼭 붙어 있어야지!

루디가 생리를 할 때 퐁키가 와서인지,
아니면 퐁키가 약해 보여서 그랬는지

내 동생
잘 자고 있군.

퐁키가 자고 있으면 루디가 옆에 가서
지켜보고 핥아 주고

쿨쿨ZZ

쿨쿨ZZ

그러다 같이 잠들기도 해요.

에효, 언니 되기
쉽지 않네.

언니얌... 내 옆에
있어 주라... 음냐...

루디도 어린아이였는데

쌔근~   쌔근~

자기 새끼 다루듯 퐁키에게 참 잘해 줬어요.

35

언니, 이거
먹는 거냐옹?

루퐁이는 어릴 때 밥 기다리다
잠들기도 하고 호기심도 엄청 많았어요.

기다려 봐.
뭐라고 적혀 있는
거지?

둘이라 행복도 두 배
서로 의지하는
루디와 퐁키
흑역사도 서로 함께

게다가 씻을 때도 함께했어요.

나 물
싫어하는데….

언니랑 목욕하니까
쪼아!

따끈~   따끈~

힝~, 마니 아팠옹?
이번엔 내가 언니
지켜 줄게.

고맙다멍.

그러다 루디가 아프면 퐁키가 옆에 있어 줬어요.

해 맑

플롯 퐁키

어때?
잘 어울려?

두둥!

곰돌이컷 루디

희대의 흑역사 생성도
함께했지요.

36

위잉~

여긴 어디야?

위이잉~

눈물의 드라이룸 적응기
눈물 자국 폭발 시기
지금과 똑같은 성격

루디마저 눈물이 터졌어요.

애잔~

살려 줘!
나갈래!

엄마! 여기서
꺼내 줘!

이 또한
지나가리...

풍키는 꺼내 달라고 하는데
루디는 체념한 듯 가만히 있어요.

루풍이의 사랑 표현
격한 사랑을 주는 루디
귀찮게 하는 풍키

할짝

언니
나랑 놀자욤!

부비적

부비적

그...
그만....

할짝

루디는 껌딱지 풍키가 귀찮게 굴어도
그러려니 해요.

38

간식 전쟁 2라운드💗
루디 vs 퐁키
선 넘는 퐁키
훈육의 현장

퐁키도 까까….

안 줄 거다〜?

히잉…

쿠

궁

내가
좀 심했나?

퐁키가 나눠 먹자며 호통을 쳐 보지만
루디는 꿈쩍하지 않아요.

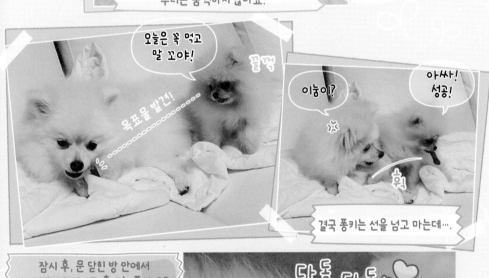

오늘은 꼭 먹고
말 꼬야!

꿀꺽

목표물 발견!

이놈이?

☆

아싸!
성공!

훗!

결국 퐁키는 선을 넘고 마는데….

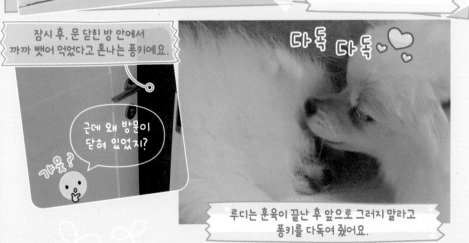

잠시 후, 문 닫힌 방 안에서
까까 뺏어 먹었다고 혼나는 퐁키예요.

다독 다독 💗💗

근데 왜 방문이
닫혀 있었지?

갸웃?

루디는 훈육이 끝난 후 앞으로 그러지 말라고
퐁키를 다독여 줬어요.

39

여전히 사이좋은 자매

\# 일심동체 삑삑이 놀이
\# 꽁냥꽁냥 흔한 자매

냠냠

언니 한 번~,
동생 한 번~.

사이좋게 순서를 기다리는 자매의 모습이에요.

개춘기 두 마리 키우면
겪는 흔한 광경

\# 사고를 쳐도 신남
\# 일상이 휴지 파티

내가 먼저
잡았어.

아냐~!
내가 먼저야.

낑-

낑-

흐음, 집 안에도 함박눈이 내렸네요.

티 격

으르렁~

언니!
그만해!

눈곱 있다고!

태 격

아무 일…

없는데?

뿐

뿐

싸우다 걸리면 급 안 싸운 척하는 루퐁이.
이제는 서로가 없으면 안 되는 소중한 가족이에요.

이제는 서로가 소중한 가족

배려왕 루디와 깨발랄 퐁키의 첫 만남!

루디와 퐁키는 다른 점이 많아서
서로 티격태격 싸울 때가 많았어.

처음에는 너무 다른 성격에
걱정도 많았지만

이제는 서로가 없으면 안 되는
가족이 되었어. 루디, 퐁키! 행복하자.

Chapter 2

루퐁이의 일상

45

48

꼬질이 퐁키, 다시 태어나다?

퐁키의 맘마 타임은 꼬질이로 가는 특급 열차!

꼬질

꼬질

으이구! 이 귀요미!

꾹~

으헤헤~.

꼬질할 땐 목욕이 최고. 퐁키가 목욕을 좋아해서 다행이지.

위이잉~

개깜놀!

목욕한 후엔 다시 낮잠 타임으로 빠져드는 퐁키지만 그래도…

꾸벅

꾸벅

아웅~, 졸려.

깨끗한 게 낫다.

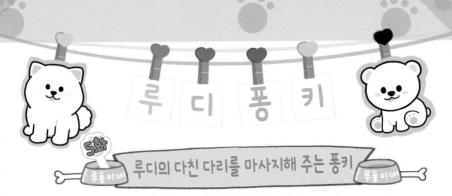

루디, 나오니까 표정이 밝네?

아파도 밖에 나오니 좋은 모양이에요.

엄마! 근데 우리 어디 가냐옹?

루퐁이네 병원 일지
다리 아야한 루디
긴장 1도 없는 퐁키

용무게는 비밀인데….

왈!

왈!

이 병원은 내가 접수한다옹!

다행스럽게도 병원에서 뼈에는 이상이 없다며 근육이 놀란 것일 수 있다고 하셨어요.

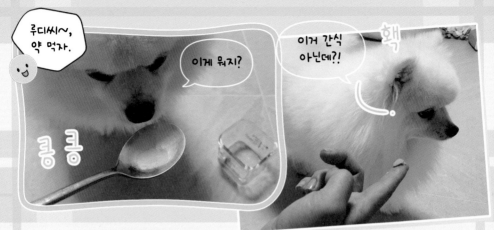

루디씨~, 약 먹자.

이게 뭐지?

이거 간식 아닌데?!

훽

킁 킁

으헉! 엄... 엄마...!

쑤욱~

어때? 괜찮아? 약 먹었으니까 이제 좋아질 거야.

쩝

병원에서 지어 온 약을 먹은 뒤 루디의 다리는 조금씩 좋아졌어요.

다다닷

엄마! 우리 사냥 놀이 하자.

사실 루디는 아가 때부터
슬개골과 고관절이 아팠어요.

집에 온 첫날, 병원에 갔는데 곧 수술해
줘야 한다고 했어요. 그래서 9개월 때
슬개골 탈구 수술을 했어요.

어? 어! 퐁키야!
뛰어다니지 마.
언니 다리 아파!

우다다다

헥 헥…

언니!
아팠어?

다닷

퐁키야~, 언니
아직 아픈데….

그렇다면 내가
마사지해 줄게.

깨물

깨물

엄마! 언니 이제
다 나았대!

그래도 언니
걱정하는 마음은
최고

동…
동생아?

풍키의 정성스런 마사지(?) 덕분이었는지
다행히도 루디는 많이 좋아졌어요.

앙~

나 잘했지?
엄마?

뭐가 약이고,
까까인지
모르겠네.

다 다닷

루디의 빠른 회복
\# 엄마의 까까스러운 약
\# 루디가 약을 잘 먹어서
\# 풍키의 기적의 마사지
　효과

헉

헉...

엄마! 언니 좀
말려 주라옹!

약 먹고
나아지니
팔팔하네?

어쨌든 루디는 건강을 위해
오늘도 열심히 운동하고 있어요.

54

다리가 아픈 루디의 회복 일지

루디가 다리를 절뚝이며
엄마를 당황하게 했어!

다행히 큰 병은 아니어서 병원에
다녀온 후 다시 건강해졌어.

그리고 아픈 언니를 위해 퐁키가 준비한
정성 어린 마사지도 한몫한 것 같아.
암튼 루디는 회복되었다는 사실!

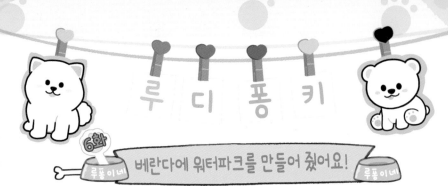

루디퐁키

6화

베란다에 워터파크를 만들어 줬어요!

짜 안!

베터 파크 오픈

좌-아아악-

물놀이를 좋아하는 퐁키를 위해 엄마가
시원한 워터파크를 준비했답니다.

이게 무슨
일이지? 빨리
가 봐!

나는 별로
관심이….

왯-

뭐냐욱?!

이제 둘이서 재미있게
놀기만 하면 되는데….

엇? 루디야?!

루디는 들어가 버렸지만, 퐁키가 재미있게
놀아 주면 되니까 괜찮아요…ㅜㅜ

좌아 아악~

그래, 퐁키야!
언니 몫까지 실컷
놀아 줘!

흐음…
이거 이거…

콩
콩

맛있는데?

할짝

할짝

야심 차게
준비했는데 왜
안 들어가?

엄마의 바람과는 달리 퐁키는
물줄기를 마시느라 바쁘기만 해요.

물 맛 죠오타!
근데 비 오나?

꿀깍

꿀깍

58

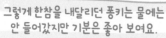

그렇게 한참을 내달리던 퐁키는 물에는
안 들어갔지만 기분은 좋아 보여요.

에고…
힘들어.

엄마! 나 조금만
쉬었다가….

풍키는 또 다시 내달리기 시작했고
그렇게 입수 없이 베터파크 놀이는
마무리되었습니다.

두타타닷

다시
달린다옹!

오늘
잘 놀았다〜!

루퐁이네 집 베란다에서는?

무더운 여름이 오면 베란다에 루퐁이 전용 워터파크 개장!

짜안!

오오~! 웬 물이냐옹?

여기 물 맛 제대로인데?

촤아아악

비록 베터파크에서 물만 실컷 마실 때가 더 많지만 이 또한 너희가 즐겁다면 엄마도... 좋아!

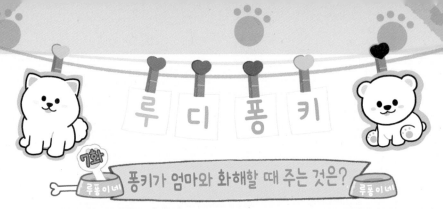

루디퐁키

'상추 헌터' 퐁키는 오늘도 먹잇감 물색 중이에요.

낼름 낼름

어디 보자, 오늘은…

퐁키의 상추 사냥으로 덜덜 떠는 상추들

와앙!

잡았다, 요놈!

뚝!

아뵤옹!

62

냠냠~, 너무 맛있다!

냠냠

역시 상추는 맛있어.

쩝

쩝

풍키야, 여기 있는 상추들 다 뜯어 먹을 거야?

응?

엄마 잔소리 시작했다옹.

슬그머니

꿈뻑

풍키가~   상추를 괴롭히니까

꿈뻑

개만 제일 작게 자라고 있잖아

아야… 난 졸리다….

또 졸린 척하는 거야?

엄마가 뭐라고 하면 갑자기 졸린 척해요.

64

65

66

세젤귀 상추 헌터 퐁키

풍키가 자꾸 작은 상추만 괴롭히고 있더라고.

오물

오물

옭! 옭!

우물

우물

이 맛에 사냥한다옭.

그래서 뭐라고 한 소리 했더니 바로 졸린 척하는 거 있지?

꾸벅

꾸벅

나는 졸리다….

엄마, 화해하자.

톡!

그 모습이 귀여워서 오늘도 화해하고 말았지 뭐야.

강아지 성장 발달의 모든 것

출처: 로얄캐닌

탄생

강아지는 태어날 때, 눈을 감고 있어서 냄새와 감촉으로 어미와 형제자매를 찾아서 온기를 얻고 영양분을 섭취해요. 이때 가능한 한 빨리 모유(초유)를 먹이는 것이 중요합니다.

신생아기(생후 약 3주까지)

신생아기 강아지는 대부분의 시간을 먹고 잠자며 보내는데, 긴 잠은 건강한 발달에 필수적이에요.

생후 10~14일이면 며칠에 걸쳐 서서히 눈을 뜨는데 이때 접혀 있던 귀도 함께 펴지기 시작하면서 생후 3주 무렵 청각이 서서히 기능을 하기 시작해요.

생후 2주까지는 거의 걷지 못하고 앞다리와 뒷다리를 사용해 기어다니면서 다리 힘을 키우다가, 생후 약 3주가 되면 걷기 시작합니다.

생후 3~4주 차가 되면 유치가 나기 시작하는데, 이때부터 조금씩 젖을 떼고 어미의 사료에 관심을 보여요. 사료를 따뜻한 물에 불려서 이유식을 먹일 수 있어요.

이유기 시절 루디

이유기(생후 4~8주)

이유기 시절 퐁키

이유기는 자립심을 얻기 시작하는 시기이므로 강아지에게 매우 중요해요.
이 시기에는 소화 기능이 발달하는 정도에 따라 음식에 적응시켜야 합니다.

강아지는 첫 걸음을 떼면 형제자매들과 싸움 놀이를 하고 사회적
상호 작용을 시작하면서 으르렁거리거나 꼬리를 흔드는 행동을 할 수
있어요. 게다가 시각과 청각이 어느 정도 발달하여 빛과 소리에 반응하기도
해요. 이 시기에는 어미의 도움 없이 소변과 대변을 볼 수 있어요.

자견 시기(생후 8주 이후~12개월)

이 시기의 강아지는 다양한 자극을 스펀지처럼 쑥쑥 흡수할 수 있어서 사회화 훈련을 하기에
좋아요. 반면에 이 시기가 지나면 사회성을 기르기 어려워질 수 있지요. 강아지가 먹고 잘 수
있는 자신만의 장소를 갖도록 하는 것은 물론, 갖고 놀 장난감을 주어 집안의 규칙을 이해하게
합니다. 또 다양한 환경과 새로운 경험에 노출시켜 학습을 촉진하고, 자신감을 길러 주며,
강아지와 보호자 사이에 강한 유대감을 형성해야 해요.

뿐만 아니라 강아지의 성장 단계에 맞춰 활동 및 운동 일정을 정해야 해요.
견종의 크기에 따라 키와 근육 성장의 대부분이 생후 6~9개월 사이에
일어나며, 이때 젖니가 영구치로 바뀌고 털갈이도 진행돼요.
생후 6~12개월 사이에는 다리를 들어 올리거나 첫 발정기가 올 수 있어요.
이 시기에 좋은 습관을 들이면 강아지의 발달에 도움이 되며 건강하게
살 수 있답니다.

성견으로 성장(생후 12개월 이후)

모두 같은 종에 속하긴 하지만 견종마다 크기, 체중, 영양 요건이 전혀 다를 수 있어요. 이러한
차이는 특히 강아지의 성장기에 두드러지게 나타나요. 초소형견은 완전히 성장하는 데
8개월 정도가 걸리며, 초대형견은 2살이 되어야 완전히 자란 것으로 본답니다.

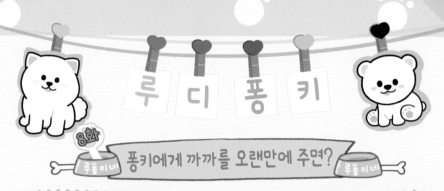

루디퐁키

퐁키에게 까까를 오랜만에 주면?

루퐁이네 / 루퐁이네

왜 안 먹어? 깜짝 놀랐어?

옳?

휘둥그레!

이거 정말 까까야?

큰 까까가 얼마만인지...

누가 보면 500년 만에 까까 얻으신 줄...

폭풍

감동

쿵쿵

이게 꿈이야, 생시야?

퐁키가 3일 만에 본 까까에 감동받았어요.

루디씨는 스스로 간헐적 단식을 해요.
나름 몸매 관리?

단식
기간이지만
간식은
못 참지?!

까드득

까득

퐁키는 감동의 상봉을 끝내고
이제야 개껌을 맛보는 중이에요.

드디어
먹는다옹!

냠름

냠름

역시
까까는…

물고 뜯고
맛봐야…!

와득

와득

퐁키는 간식의 크기가 작아지면 그냥 삼키는
버릇이 있어요. 꿀꺽 삼킨 간식이 기도를 막을 수
있기 때문에 크기가 작아지면 뺏어야 해요.

휙!

내 거다옹!

쓱

오늘은 까까
안 뺏길 거야?

71

절대 안
뺏길 거야?
그렇다면 미끼
간식으로….
얼마만에 얻은
까까인데!
냠
냠
낼름
낼름
절대 까까 사수라는
굳은 의지의 퐁키
이거
내 거라고!
예민
까칠
이때는 엄청 예민해져서
어르고 달래야 뺏을 수 있어요.
퐁키야,
여기 있네?
여기!
껌보다 미끼 간식이 더 많은 것
같지만 힘겹게 성공했어요.
여기도 까까?
그렇다면!
홱-
샤삭!

루디도
먹어 볼래?

배추? 난 고기가
더 좋은데….

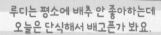

루디는 평소에 배추 안 좋아하는데
오늘은 단식해서 배고픈가 봐요.

아삭

아삭

뭐,
먹을 만하네.

이거라도 많이
먹어야지.

냠냠

아삭하니
더 맛있구만.

아삭

아삭

냠냠~

엄마, 배추
더 주세용.

먹는 거 반, 흘리는 거 반인 루디 덕분에
밑에 있던 퐁키도 계속 배추 줍줍 성공!

3일 만에 만난 퐁키와 까까

퐁키는 개껌을 주면 즐기지 않고 삼키기 바빴어.

와! 저… 저 까까는…?!

3일 만에 얻은 까까에 퐁키가 깜짝 놀라며 먹방 하지 뭐야.

맛있다! 내 거다옹!

하지만 퐁키의 버릇 때문에 개껌은 다 먹기 전에 뺏어야 해.

엄마가 뺏은 거지?

자, 엄마의 특별 서비스야.

뭐, 그렇다면….

뺏앗긴 개껌 대신 배추로 퐁키의 마음을 달래 주며 오늘도 이렇게 마무리!

루 디 퐁 키

9화

루퐁이네 집에 도둑이 들었어요! 루퐁이네

두둥!

도둑!!??

왈!

왈!

옭!

옭!

집에 도둑이 들었을 때 루퐁이 반응이 궁금해서
도둑이 들어온 척 작전을 짤 거예요.

누구세옭?

옭!

누구나멍?

도둑이 훔칠 것

루퐁이용 치킨

디포리 까까

노릇~

노릇~

도둑 역할에게 준 미션은 바로 루퐁이
치킨과 까까를 훔쳐 오는 것이었어요.

루퐁이 성격상 뻔한 반응이 예상되지만,
도둑 작전 시작합니다!

루티, 퐁키~,
엄마 갔다 올게.

집 잘 보고
있어.

엄마,
가는 거야?

엄마 갑니다~,
안녕.

뒤적~ 뒤적~

평소와 다름없이 까까를 주고 외출하는 척

그렇게 엄마는 루퐁이만 두고 외출을 가고

뒤적~

뒤적~

루퐁이는 곧 도둑이 들이닥칠 지
꿈에도 모른 채 까까 삼매경에 빠졌어요.

잠시 후

엄마다!

띠링~

엄마 왔나?

엄마에옹?

개 탈을 쓴 도둑 등장
경계심 I도 없는 루디
여유로운 도둑

난데없이 개 탈을 쓴 도둑의 등장으로
루퐁이가 분주해졌어요.

과연 루퐁이는 간식을 지켜 낼 수 있을까요?

도둑 역할은 루퐁이 엄마가 아니에요.

루디는 도둑도 반갑다고 쌈바춤을 춰요.

어기적어기적 주방으로 향하는 도둑.
과연 미션은 성공할까요?

도둑이 상당히 여유로워 보이네요.

도둑 미션 수행 중
※ 도둑이 자랑이
   심한 편
※ 나누는 정이 많은 편

도둑은 계획대로 까까를 훔치고
루퐁이에게 훔친 까까를 자랑했어요.

갑자기 도둑이 훔친 치킨을 나눠 줬어요.

루퐁이는 도둑이 주는 것도
잘 받아먹네요.

79

도둑은 루퐁이와 몇 점 나눠 먹고
치킨을 들고 도망가요.

까까가 이제 생각났나 봐요.
훔친 물건을 흘리는 어리바리한 도둑이네요.

도둑은 치킨과 까까를 들고
유유히 나가 버렸어요.

도둑 역할 미션 성공
치킨······ V
까까······ V

비상! 비상!

두둥!

심각한 표정으로 더 훔쳐 간 게 없는지
확인하는 듯 돌아다녀요.

이게 무슨
일이야…

쿵쿵~

쿵쿵~

멍~

눈앞에서 치킨과 까까를
도둑맞은 루퐁이…

도둑이 들이닥친 뒤, 퐁키는 심각하게
엄마를 기다리고 있어요.

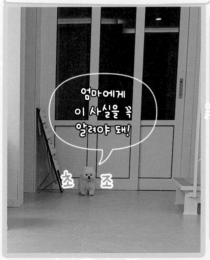

엄마에게
이 사실을 꼭
알려야 돼!

읏?

쵸   쪼

여기쯤에 맛있는
냄새가 나는 거
같은데…?

뒤적

뒤적

루디는 금새 잊고 혼자 놀아요.

빽 빽 빽 빽 빽

왈! 왈! 왈!

설마,
또 도둑!!??

루퐁이는 엄마를 보자마자 도둑이 치킨이랑 까까를
훔쳐 갔다고 일렀어요.

왉! 왉! 왉!

무슨 일이야?

엄마! 아까 전에
도둑이 우리 치킨이랑
까까 훔쳐 갔옭!

오~, 그랬어?

할 말 많은 퐁키와
비밀이 생긴 루디

하필 까까를 훔쳐 가서 퐁키는 상당히 화났나 봐요.

누가 왔다
갔어, 퐁키야?

도둑이 이렇게
들어왔옭.

헥

헥

아까 도둑한테
쌈바춤 춘 건 엄마한텐
비밀로 해야지.

결국 루퐁이는 도둑이 들어도
집을 못 지켰다는 걸말….

82

루퐁이는 사람이 조아!

루디퐁키

10화

춥다고 덜덜 떠는 강아지

루퐁이네 · 루퐁이네

우리 집 북극곰이 너무 춥대요.

오들

오들

누가 보면 한겨울인 줄 알겠어요.

갑자기 추워진
가을 날씨

\# 북극곰 퐁키
\# 루사인볼트

웬일로 루디가 신났을까요?

귀찮아~.

놀자!

퐁키는 추워서 아무것도 하기 싫은데,
루디가 자꾸 놀자고 해요.

갑자기 추워진 날씨에 겨울 아이 루디가
세상 신났어요.

85

오늘 유난히 추워하는 북극곰은
담요 재정비 중이에요.

사부작~

사부작~

언니는
안 추워?

북극곰은 여전히 추운가 봐요.
담요 위에서 요지부동이에요.

근데 사실… 그 정도로 춥지는 않은데…
겨울은 어떻게 지내려고 벌써 이러는지….

떨…

떨…

떨…

퐁키는 북극에서 살기 힘들어서 우리 집에 왔나 봐요.

퐁키야,
들어가 있어~

그 정도야…?

아우!
추워~!

아직 가을인데 너무 추워하는 북극곰을 위해
결국 담요 하나 추가했어요.

오들~ 오들~

벌써 겨울인
건가….

스윽~

안 되겠어. 퐁키,
방에 들어가요!

추위 타는 북극곰은 결국 방으로 피신시켰어요.

왜 나왔어?
추운데….

꾸욱~

왜 나왔어?
퐁키?

퐁키! 언니를
왜 밟아!

혼자 있기
싫어요.

퐁키는 혼자 있기 싫다며 쪼르르 나왔어요.

87

제일 따뜻한 데에서 추위에 몸부림치는 북극곰 퐁키인데….

평온~

꿈지락~

꿈지락~

아니, 지금 나만 추워!?!

덜~

덜~

완 전 무 장!

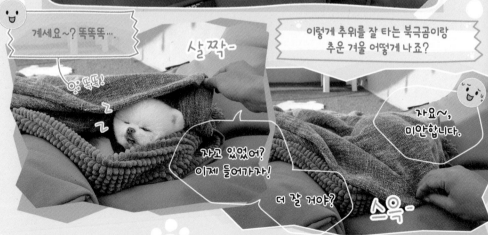

계세요~? 똑똑똑….

응 똑똑!

살짝~

이렇게 추위를 잘 타는 북극곰이랑 추운 겨울 어떻게 나죠?

자요~, 미안합니다.

자고 있었어? 이제 들어가자!

더 갈 거야?

스윽~

포메도 추위에 약할 수 있다!

어느 가을날

\# 추위에 약한
　　풍키

\# 추위에 강한
　　루디

겨울이 오려면 아직 멀었는데 추위를
많이 타는 풍키는 추워서 덜덜덜 떨더라고.

덜덜덜

다닷

왜 이렇게
추운 건데?

추워?
난 좋은데?

우리 집 북극곰 명성은 어디 갔을까…?
담요 속에서 꼼짝을 안 하는 풍키.

평온~

덜덜…

신나게
잘 놀았다~.

풍키야, 추우면
들어가~.

혼자는 싫다옹!

오들

오들

추워도 버티는 풍키 때문에
엄마는 전구 갈다 말고 난로를 샀다는….

어느 봄날의 만성피로 강아지

벌 어딨어?
어딨냐구?

어느 봄날의 강아지 산책이에요!
루디씨~ 벌 잡을 거야? 벌은 위험해~

zzz~
zzz~

햇볕이
따뜻해서 그래.

산책 나왔더니 금방 지친 강아지~ 퐁키야, 졸려?

VS

우리 루디씨, 건강 관리하니?

개꿀잠 퐁키는 엄마 품이 젤 좋아!

루퐁맘
이야기

관심 받는 걸 좋아하는 퐁키와 달리, 루디씨는 카메라를 불편해해서 영상을 잘 찍지
않았어요. 그러다 보니 루디씨 영상이 별로 없더라고요. 산책 영상은 루디씨의 자연스러운
모습을 담기 위해 시작했어요.

😊 루디와 풍키가 평소 산책하는 모습이에요~!

운동 후 사우나 필수

우린 루퐁 자매!

뒷발이야! 욜욜!

오늘은 힘차게 산책해 볼까요?
뒷발차기는 선수급인 루퐁이에요!

뒷발은 이렇게 차야지~

콩콩~

루디씨는 꽃 향기 가득한 길을 따라 걷고,
풍키는 산책하다 지쳤어요.

끼잉~

크으~ 시원~하다옭!

풍키야? 집에 가자!

역시 풍키는 산책보다 목욕!

루디씨는 좋아하는 걸 할 땐 카메라를 신경 쓰지 않아요. 산책 영상은 엄마가 제일 좋아하는
영상이기도 해요. 루퐁이가 행복해하는 모습을 보면 힐링되거든요. 앞으로도 루퐁이와 함께
즐겁게 산책하고 싶어요.

루디 퐁키

오늘은 퐁키가 목욕과 미용하는 날이에요.

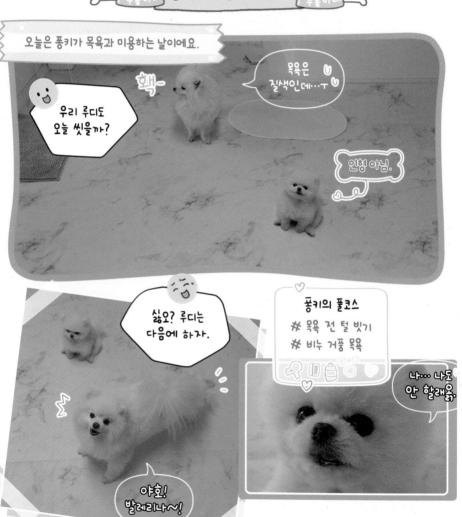

목욕은 질색인데…ㅜ

우리 루디도 오늘 씻을까?

인형 아님.

싫오? 루디는 다음에 하자.

퐁키의 풀코스
목욕 전 털 빗기
비누 거품 목욕

나… 나도 안 할래욯

야호! 발레리나〜!

목욕 후 드라이룸에 들어가기 전,
최대한 물기를 털어 주는 게 좋아요.

거기 물 다
튀었겠네….

다다닷

다닷

퐁키,
들어갈까?

드라이룸에 오래 있으면 피모가
건조해질 수 있으니 대충만 말려 줘요.

위잉~

브어어어….

마지막
드라이 타임과
미용 전
빗질하기

속속

하아… 이젠
진짜 끝냈겠지?

96

97

99

안 자른 부분이 보여 다시 시작된 미용에 퐁키가 화났어요.

맘스 강아지 미용실 방문 일기

오늘은 엄마가 목욕과 미용을 시켜 준다고 했옹.

꿀꺽

엄마... 언... 언니는?

오늘은 퐁키만이야~!

벅 벅 벅

대체 언제 끝나는 거냐옹?

사각 사각

얼굴이 쪼그매지는 건 좋으니 어쩌겠어... 참아야지.

쨔안!

끝났다!

나 잘 참았지? 엄마! 오늘 맘마는 더 맛있는 걸로 줘!

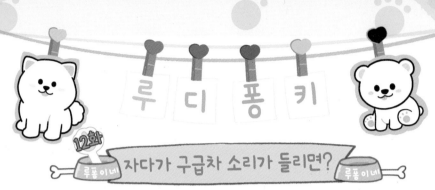

루 디 퐁 키

12화

자다가 구급차 소리가 들리면?

루퐁이네 루퐁이네

나른~

나른~

오늘 퐁키는 나른 나른~ 졸린가 봐요.

계속 내밀고 있으면 혓바닥이 마를 수 있어서
살짝 넣어 줬어요.

워지?

뭉룽~

쏘

욱

퐁키씨, 혓바닥 넣는 거 까먹으신 듯 해요?

나름 찾아가는
손가락 서비스

풍키가 완전 뻗었어요.

풍키는 한밤중인데…
또 혓바닥이?

이불 밖은 위험해
왕 졸림
스르르 감기는 눈

2차 혀 마름 방지 서비스 찾아갑니다.

어? 어!
풍키야… 깼어?

벌떡

아침이에요!??

세상 요란하게
기상한 퐁키

뽕? 뽕! 퐁키,
귀 뽕?

납작→

뽕 뽕

자다 일어나서 털이 다 눌려 버렸어요.

여기!

퐁키의 눌린 털을 뽀송하게 만들어 줬어요.

뽀송~

뽀송~

엄마가 동그랗게
해 줄게.

이때 밖에서 구급차 소리가 들렸어요.

짤긋!

삐뵹~
삐뵹~
삐뵹~

모지…?
모지…?

옼!!

옼!!

아니야~,
퐁키야 구급차
소리야.

구급차 소리
심각한 표정
예민한 퐁키

바깥 소리에도 예민한 퐁키예요.

105

구급차 두 번 지나갔다간 숨넘어가겠어요.

다시 재우기를 시도해 봤지만 꿈쩍하지 않네요.

나는야 강아지 보안관 퐁키

꿈나라에 빠져 있는데 오늘은 애앵 애앵 소리가 들렸다옹.

애 애앵~

옹?
무슨 소리냐옹!

깜짝

오~올~
옹!

애 앵

퐁키야, 괜찮아.
별것 아니야.

에휴~, 너무
근심 걱정이 많은 거
아니야?

올!

올!

엄마는 진정하라고 했지만 저 소리가
너무 궁금해! 나도 출동하겠다옹.

잡았다~, 요놈!

루퐁이네

시골 할머니네 무랑 배추밭에 놀러 온
퐁키와 루디는 완전 신이 났어요.

엄마!
여기 먹잇감이
많아욹!

욹 욹!

퐁키가 배추를 엄청 뜯어 먹을 줄 알았는데
막 달려들지는 않았어요.

얼음

꼬질

퐁키야~,
이게 무슨
일이야….

꼬질

퐁키야, 왜 그래?
우리 집이 아니라서
그래?

보호색으로
발 위장하고
다소곳한(?) 퐁키

110

모른척
쩝...

할머니네 놀러 와서 시골 강아지
콘셉트 유지 중이에요.

휴식 중

발바닥이
이게 뭐야?

그만 놀고
가자~.

엄마 품에서 잠시 쉬더니 기운이 났는지
배추밭으로 다시 가고 있어요.

빨리 오라옹!

퐁키!
어디 가?
약속 있어?

콩

콩

끄덕 끄덕

조금
뜯어 줄까?

배추 주변을 맴도는
채식 강아지

폭총 폭총 급하게 뛰어가던 퐁키가
밭으로 들어가 버렸어요.

퐁키야!
할아버지가 밟고
다니면 안 된다고
했는데!

발 도장을 폭폭 남기고 있어서 발자국만 봐도
범인이 누군지 아실 것 같아요.

총총총~

WANTED

잡았다, 요놈!
현행범 검거!

졸려~.

둥!!

낑낑….

Dead or Alive
퐁키
상금 : 100원

꼬덕   꼬덕

퐁키야, 이제
그만 뛰어다녀.

폴짝

알았옹.

오늘 같이 나갔다 왔는데 퐁키만 흙신발
장착했어요. 퐁키, 발 어디 갔니?

114

채식 강아지가 배추밭에 오면?

시골 배추밭에 놀러 가면 풍키가 엄청 신나할 줄 알았어.

탁 탁

온통 먹잇감이군!

근데 배추가 너무 많아서일까? 오히려 다소곳해지더라고~.

냠 냠

자! 조금만 먹어 봐.

밭에서 얼마나 뛰어다녔는지 풍키 온몸이 흙투성이가 되어 버렸어.

지저분~

으이구우~.

풍키야, 이게 뭐야! 루디 언니는 깔끔한데….

헥…

헥…

오늘 참 힘든 하루였옹.

신나게 뛰어다니더니 결국 털썩! 이제 그만 뛰자, 풍키야.

루디퐁키

14화

엄마가 아파요!

루퐁이네 · 루퐁이네

에구... 루디씨~,
엄마 아프다고 세수
시켜 주는 거야?

할짝
할짝

엄마를 간호해 주는
루디와 모른 척하는
퐁키 이야기

하루는 루퐁 엄마가 감기에 걸려서 아팠어요.

왜애...
왜애...?

왜
화가 났어?

치이~!
퐁키야, 엄마 아파.
화내지 마아...

꿍...

올!!
올!!
올!!
올!!

우리 집 작은딸은 엄마가 아픈 건 모르나 봐요.

116

ㅠ^ㅠ 루디씨...
어딨어?

여기요! 엄마,
괜찮아?

좀 쉬어야
할 것 같아.

루디는 곁을 떠나지도 않고
엄마를 걱정하는 눈치였어요.

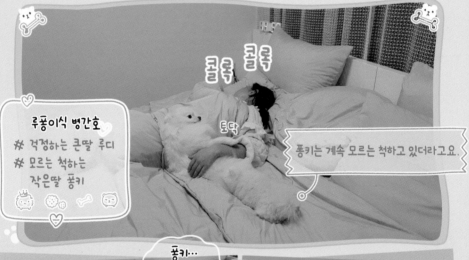

콜록 콜록

토닥

루퐁이식 병간호
걱정하는 큰딸 루디
모르는 척하는
  작은딸 퐁키

퐁키는 계속 모르는 척하고 있더라고요.

퐁키...
너무해애...

나는 그냥
누워야지.

할짝~

할짝~

언니~, 나랑도
놀자욱~

퐁키가 아플 때마다 엄마가 얼마나
열심히 간호해 줬는데...!

여기는 퐁키 자리인데…

콜록

콜록

루디가 엄마가 아프다는 걸 아는지…,
자기 자리도 아닌데 가까이 다가와 간호해 줬어요.

지극

정성

루디씨~,
엄마 괜찮아.

우리 집
작은딸은 지금 뭐 하나요?

큰딸 루디씨는 아픈 엄마 세수 시켜 주는 강아지예요.

할짝~

할짝~

고마워. 엄마
세수도 시켜 주고…
효녀네.

♡ 너무 잘 키운
나의 개 딸 ♡

\# 효녀 루디
\# 엄마 감동

루디야,
루디 자리에 가서
자…. 괜찮아.

엄마 지켜 주는
거야? 엄마
괜찮아~.

톡! 톡!

갸웃?

119

엄마가 루디한테 감동 받는 와중에도
퐁키는 계속 모른 척해요.

찡~♡

루디~
고마워…
내 새끼.

쓰담♡
쓰담♡

엄마 아파.
퐁키야, 엄마
돌봐 줘~.

시큰둥~

걱정해 주는 딸과
여전히 나 몰라라
하는 딸

치!

꼬옥♡

루디밖에 없다…☆
퐁키에게 삐진
엄마

엄마와 루디는 꽁냥꽁냥…
랜선 집사님들도 감기 조심하세요.

엄마 아플 때 극과 극 반응

엄마가 감기에 걸려 기운이 없는데 퐁키는 화를 내고….

웅!
웅!

놀아 달라웅!

루디는 진심으로 걱정하며 엄마를 간호해 줬어.

할짝
할짝

엄마 아프지마.

루디, 효녀네?

루디의 간호로 엄마가 폭풍 감동하는데 퐁키는 관심이 없더라.

고마워, 루디야! 역시 네가 최고야.

나 먼저 잔다웅.

외면 중…

퐁키, 너 아플 때 엄마도… 쬐애끔만 간호해 줄 거야! (엄마 삐짐!)

루디 퐁키

루디 언니가 집을 나갔어요!

오늘 루디씨는 절친 이모랑 데이트 가는 날이에요.
재밌는 곳도 가고 오늘은 이모네서 자고 올 거예요.

루디야,
잘 다녀와.

이모랑 놀다가 자주
외박하시는 분

이모 손 꼭
잡고 다녀~.
알았지?

엄마가
까까 도시락
싸 놨어.

퐁키가 데이트 안 가는 이유
= 이모랑 안 친함.

루디, 이모가
온 거 같아?

삑 삑 삑

왈! 왈!
이모다~!
이모~♡

루디씨 절친 이모와
데이트 가는 날

쌈바 대기 중
이모와 안 친한
    퐁키는 집에

쌈바~

쌈바~

이모랑 절친인 루디씨는 벌써 눈치채고
쌈바 대기 중이에요.

루디는 이모랑 나가고 퐁키는 이 방 저 방,
루디 언니를 찾아다녀요.

왜?
언니가 없어?

거기 왜
가 있어?

언니 어디
갔어욥?

언니가 거기로
간 거 같아?

서성

서성

퐁키가 언니가 나간 현관문 앞에서
서성거려요.

루디 언니 삑삑이는
언제 갖고 왔어?

퐁키~ 베개
베고 잘까?

까까 줄까?

추웁-

퐁무룩

루디 삑삑이 옆에
끼고서 퐁무룩

루디 삑삑이

안 먹을 거야?
주면 먹을 거면서….

123

특효약 까까 효능 1
루디 언니 생각
1도 안 남

냘름~

손!

척!

오~ 뭐야.
할 줄
알았어?

오독

오독

풍무룩하다가도 까까가
눈앞에 등장하면 생기가 돌아요.

반응 없더니 까까 주니까 언제
그랬냐는 듯 잘 먹어요.

까까 다 먹고 다시금 떠오른
루디 언니 생각에 기운이 없어졌어요.

털 빗는데도 그러거나 말거나
누가 보면 나라라도 잃은 줄….

언니…
언제 와….

슥슥

추욱-

풍키, 왜 이렇게
기분이 안 좋아?

특효약 까까 효능 2
배추로 잠시나마
잊어 보는 언니 생각

의
욕

냠♡

냠♡

풍키, 이거
먹고 자~.

제
로

냠♡

이럴 때 특효약은 까까뿐이라
배추를 줬어요.

드디어 퐁키가 목이 빠지게
기다렸던 루디 언니가 왔어요.

언니 왔옹?

어디 갔었어~
ㅜㅜ

왜 이렇게
늦게 왔어~!

버선발로 뛰어나가는
동생 퐁키

루디~,
퐁키가 루디 많이
기다렸어.

기다렸다구우...?

퐁키는 보고팠던 언니 옆에 찰싹 붙어 있어요.

우울했던 모습은 어디 가고
밝은 얼굴로 꿍냥꿍냥

언니 껌딱지 퐁키
소중한 자매

퐁키야,
언니 꼭 껴안고
자.

루디~ 퐁키~
잘 자~!

자리를 옮겨도 끈질기게 붙어 있어요.
친하긴 친해도 이 정도까진 아닌 것 같은데...

퐁키,
언니가 많이
보고 싶었어?

바로 옆에도 빈자리가 많은데
퐁키는 언니 껌딱지가 되었네요.

루퐁 자매는 서로 아주 소중한 존재인 건
확실한 것 같아요.

126

퐁키는 루디 언니 껌딱지

루디가 절친 이모랑 놀러 가기로 한 날, 퐁키는 집에 있었어.

퐁키는 이모랑 안 친하잖아.

루디가 안 보이니 퐁무룩해져서는 언니만 찾더라고~.

언니… 언제 오냐옭… 히잉….

추웁~

그런 퐁키를 위해 엄마가 까까를 준비했어. 먹으면 힘이 나겠지?

까까 맛있다옭.

까까 먹느라 언니 생각은 잊었나 보네?

루디가 집에 오니까 퐁키가 껌딱지처럼 계속 붙어 있더라고.

언니 옆에 있을 거야.

역시 가족은 가족이네. 루디야, 다음엔 퐁키도 데려가자~.

강아지 예방 접종의 모든 것

출처: 비마이펫

사람과 마찬가지로 강아지에게는 정해진 예방 접종이 있어요. 반려견의 건강한 생활을 위해 필수로 맞혀야 하는 예방 접종과 유의 사항에 대해 알아볼게요.

필수 접종

종합백신

12주 이전의 강아지에게는 4종 백신(DHPPI),
12주가 지난 사냥견에 한해서는 5종 백신(DHPPL) 접종이 권장되고 있어요.
▶ DHPPI: 홍역, 파보장염, 전염성 간염, 파라인플루엔자
▶ DHPPL: 홍역, 파보장염, 전염성 간염, 파라인플루엔자 및 렙토스피라

코로나 장염

코로나 장염은 닭에서 처음 발견되었으며 다른 동물의 분비물 • 배설물을 통해 전염된다고 합니다. 대표적 증상으로는 혈변, 구토, 발열, 식욕 부진 등이 있어요.

켄넬코프

주로 강아지들이 많이 있는 공간에서 공기를 통해 쉽게 감염돼요. 켄넬코프에 감염된 강아지들은 마른기침을 심하게 하며 폐렴으로 진행되기도 합니다.

광견병

광견병 바이러스를 갖고 있는 동물에게 강아지가 물렸을 때 타액으로부터 감염될 수 있어요. 대표적 증상으로는 발열, 두통, 식욕 저하, 구토를 동반한 급성 뇌척수염 증상이 있어요.

그 외 예방이 필요한 질병

심장사상충

높은 치명도에 따라, 실내견, 실외견 상관없이 심장사상충 예방이 필수로 권장됩니다.
모기가 강아지를 물 때, 모기 안에 있는 3기 유충들이 피부를 뚫고 들어와 폐동맥에
기생하다가 평균 25cm, 최대 30cm의 크기로 성장하여 심장에서 발견돼요. 심장사상충에
감염되면 갑자기 심장이 멎거나, 단순한 기침으로 시작하여 나중에는 심한 호흡 곤란으로
발전할 수 있어요.

내부기생충

어미개가 기생충을 지닌 상태에서 임신할 시 자견에게도 옮겨질 수 있어요. 회충이 많을
경우 영양 결핍이나 사망까지 이를 수 있습니다. 따라서, 어린 강아지를 입양할 때는
어미개의 내부기생충 감염 여부를 확인해야 해요. 기생충 약 투여 시 동물병원에서
변 검사를 해 보는 것도 좋아요.

외부기생충

외부기생충은 벼룩이나 이, 옴, 진드기 등 피부나 귀에 기생하는 기생충입니다. 실내 환경을
청결하게 해야 하며, 강아지가 잔디밭, 숲길 산책이 잦다면 외부기생충 방지 스프레이 또는
목걸이로 예방해야 해요. 실외에서 생활하는 강아지에게는 예방이 필수입니다.

강아지 예방 접종 시 유의 사항

1회 접종으로 평생 동안 면역이 유지되지 않기 때문에 매년 추가 접종을 실시하고 받아야
해요. 예방 접종과 기간은 수의사와 상의하여 결정해야 하는데, 이는 백신끼리 충돌하면서
치명적인 질병이 발생할 수 있기 때문입니다. 또 수의사는 강아지가 기존에 복용하고
있는 약이나 다른 질병으로 주사를 맞은 적이 있다면 강아지의 상태에 따라 예방 접종 시
주의해야 할 사항을 적절히 판단할 수 있기 때문이에요.

접종을 한 후에는 강아지의 컨디션이 떨어지기 때문에, 강아지가 스트레스를
받지 않도록 신경을 써 주세요. 목욕이나 산책은 최소 3일간 피해야 합니다.

루디퐁키

16화

루퐁이네

목욕이 너무 좋은 퐁키

루퐁이네

퐁키, 잘 잤어?

우리 씻을까? 응?

씻을 거야? 씻을 거면~ 욕실로 와~.

별떡!

알았지? 엄마가 물 받아 놓고 있을게!

자고 일어난 퐁키에게 씻을지 물어봤는데 듣자마자 벌떡 일어나더라고요.

쏴아아-

총 총 총

사우나 좋아하는 퐁키가 스스로 입수하러 오고 있어요.

엄마, 퐁키 왔어옹.

씻을 거야? 여기로 들어오세요!

반신욕에 푹 빠진 퐁키

퐁키야~, 목욕하자.

퐁키는 씻으러 가자는 말을 들으면 자다가도 벌떡 일어나는 강아지야.

총~

총총

엄마! 준비됐어욱!

짧은 다리로 스스로 욕조를 넘어 안으로 들어가는 모습에 엄마는 웃음이~!

꾸욱

아~, 이거쥐이.

꾸욱

우리 퐁키 반신욕 제대로 즐기네?

싸

아아~

5분만 더 하고 가겠다욱.

퐁키의 반신욕 사랑은 앞으로도 계속됩니다~!

133

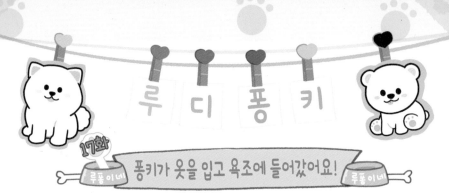

루 디 퐁 키

17화

퐁키가 옷을 입고 욕조에 들어갔어요!

루퐁이네 / 루퐁이네

반신욕도 부족하다! 퐁키가 얼마나 목욕을
좋아하는지 랜선 집사님들에게 알려 드려요.

호다닥~

쌰 아 아

퐁... 퐁키야~!
세상에!
옷 입고~!?

잠깐 한눈판 사이에 퐁키가 자진 입수했어요.
뭐가 급한지 옷까지 껴입고 말이에요.

물이
좋은 걸~!

퐁키 입수 현장

엄마 몰래 퐁당
원래 계획은
　　발 씻기

아니, 이게 누구신가?

퐁키의 팩 방법
먹을까 봐 얼굴만 빼고 팩 하기

급하게 입수해 버린 강아지의 최후예요.

슈렉 퐁키 등장!

퐁키는 초록색도 잘 어울려요.

발 닦으려다 뜬금없이 슈렉이 되었다는 걸말….

발 닦으러 갔다 슈렉 되고 왔지옹

엄마가 발 닦이려고 준비하고 있는데
퐁키가 옷을 입고 욕조에 들어가 버렸어.

퐁키야!
옷 입고 들어가면
어떡해!

쏴아아-

빨래도 하고
좋지모.

이렇게 된 거 갈 불려서
허브팩을 시켜 주기로 했지.

옹!

까까 냄새?

옹!

퐁키야, 이건
먹는 거 아니야.

이게 뭐냐옹!

슈렉 퐁키

초록색도 잘 받는 우리 강아지~.
슈렉 퐁키로 다시 태어나다!

139

루디퐁키

18화 루퐁이네 당당해도 너무 당당한 도둑 강아지 루퐁이네

가족 여행 전날, 퐁키가 조용하길래 봤더니… 여행 가방에 넣어 둔 까까를 훔쳐서 까까랑 씨름 중이었어요.

으르르르르~

으르르?
퐁키, 가글해?

까까 봉지

올!!

올!!

까까 뺏길까 봐
예민한 퐁키
자기도 훔친 거면서

훔친 까까 필사적으로
지키는 도둑

왜
안 뜯기죠옭?

올!!

올!!

올!!

뭐~? 가만히
있었는데…

큭

큭

올!!

혼자서 어떻게든 열어 보려 하는데….

잘 안 되니까 괜히 성질 부려요.

도와주려고 했는데 퐁키는 순순히 까까 봉지를
믿고 넘겨 줄 수 없나 봐요.

퐁키,
이거 엄마가
뜯어 줄까?

우리 사이에
이렇게 불신이
깊었나?

생각
중이야?

초   집중

의심

의심

불신 가득한 눈빛
초 집중 퐁키
의심의 눈초리

혼자 하다가
안 될 것 같으면
얘기해~?

엄마가
뜯어 줄게.

내 거야!

으!!

으!!

내가
할 거야!

으!!

불신 가득한 모녀 사이
결국 까까
안 내놓는 딸

알았어…
맛있게 먹어~!

안녕~,
엄마 나간다.

퐁키 혼자 알아서 해결해 보라고 두고 나갔어요.

141

143

결국 강제로 끌려 나오는
집착 심한 까까 도둑

힝~

엄마 가방
뒤지지 말아요~.

쪼르르~

쪼르르 또 들어갔지만 현행범 퐁키는
2차 강제 추방됐어요.

범인은 범죄 현장에 또 다시
나타나기 마련이지요.

새벽에 없어진 퐁키
범죄 현장 목격
까까 도둑이 또…

뒤적

뒤적

아무것도
없다!

깜짝!

간밤에 또 가방 뒤지다가
현장에서 딱 걸렸어요.

걸리고 나서 안 그런 척하는
능구렁이 퐁키예요.

가방이 잘 있나
보러 왔어욯.

뾘 뾘~

퐁키와 까까의 한판 승부

퐁키가 웬일로 조용한가 해서 봤더니 사고를 치고 있더라고….

으르르르~

뭐야~, 퐁키 어떻게 꺼냈어?

엄마가 가방에 넣어 둔 까까 봉지를 훔쳐서 혼자 사투를 벌이고 있었어.

웅! 웅!

내 거다웅! 먹을 거다웅!

한참 씨름하더니 그만 서랍장 밑으로 까까 봉지가 들어갔지 뭐야.

내 까까… 나와랏.

으르르~

퐁키야, 너는 그거 못 꺼내.

오늘 밤에 다시 승부다!

냠냠

까까를 향한 퐁키의 집착…! 퐁키야, 건강을 향해서 까까는 조금만 먹자.

루디퐁키

19화

발 닦아 주면 들어오는 효녀

루퐁이네 / 루퐁이네

오늘도 루퐁 자매는 신나게 산책 중이에요.

룰루랄라~♪

주저앉아 있더니 엉덩이 시려운 퐁키

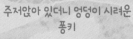

안아줘용!

아직도 안아 있었어?

포근 상상

포근 상상

결국에 퐁키는 엄마 품으로….

146

147

루디는 물은 싫지만 발은 닦아야 한다는 걸
아는 착한 아이지요.

루디, 힘들어?

문질~
문질~

이제 진짜
발 닦을 시간
비누로 꼼꼼하고
깨끗하게 닦기

오늘도 산책하며 열일했을 닭발에
마사지 서비스 갑니다.

문질~
문질~

후다닥 헹구고
나가자!

쌰아~

얌전

다 했다!

방긋~

헤헤~.

오늘 발 닦기도 수고하셨습니다~!

효녀 댕댕이 루디씨

오늘 루디와 풍키가 산책을 나갔어.

산책 후 집에 왔는데 센스 댕댕이인 루디는 현관에서 기다리더라고.

털썩

풍부석

대기중♡

내 옹동이...

풍키야, 앉아만 있으니 엉덩이가 시리지~!

발 닦아 주면 들어갈게요.

엄마 청소하기 힘들까 봐 기다려 준 거지? 역시 루디는 엄마 생각해 주는 착한 효녀.

엄마, 고마워요.

쨔. 깨끗

물은 싫지만 발 닦는 거니까.

쏴아아

힘들어? 이제 다 했어~!

물 싫어하지만 발도 잘 닦고... 루디야, 수고했어!

149

풍키~,
안 나갈 꼬야?

까득

까득

루디야,
풍키는 안 나갈
건가 봐~.

옭?

벌떡

지금은 산책보다 뼈다귀가
더 소중한가 봐요.

엄마가 루디 언니 옷을 가지러
가니까 갑자기 풍절부절...

옭!

옭!

나 쪼끔만
더 먹고~!

끄응~

뼈다귀는 먹어야겠는데 엄마랑 언니가
곧 나갈 것 같으니 혼란스러운가 봐요.

쫑쫑

척!

나갈 생각에
신나서 들뜬 루디씨

벌써 외출복 입었어요!

산책 갈 거야? 뼈다귀 뜯을 거야? 빨리 결정해.

안 나가! 뼈다구 뜯을 거야!

산책 완강히 거부
퐁키의 뼈다귀 사랑

아니... 이 뼈다귀가 뭐길래 산책도 안 간대~?!

오늘 뼈다귀에 누가 꿀이라도 발랐나 봐요.

퐁키는 가지 마. 엄마, 루디 언니랑 둘이 갈 거야.

안 가욤...

퐁키 혼자 두고 나가는 척 따라 나오게 해 보았으나 실패했어요.

그렇게 엄마랑 루디 언니가 나가니... 갑자기 혼자 멍 때리더라고요.

이게 아닌데... 갔다 와서 먹을 걸...

멍~

그래서 다시 집으로 들어가서
뼈다귀랑 함께 산책 나왔어요.

호

뭉

이제 만족해?

오늘 산책 친구
뼈다귀 동행
퐁키 대만족

우여곡절 끝에 쐬는
바깥바람이에요.

루디야~, 너무
몸치 아니야~?

팟-
팟-

신난 루디의
뒷발차기
오늘도 어김없이
퐁부석

짜잔!

퐁키야,
뼈다귀 좀 봐.
자, 이리 와.

오늘의 히든 카드, 뼈다귀를
보여 주며 퐁키를 불렀어요.

퐁부석에게 효과 직방인
뼈다귀!

졸졸졸…

할짝~

할짝~

뼈다귀야, 수고했어!

어두워지기 전에 산책을 가야 하는데 퐁키가 뼈다귀 먹느라 산책을 거부했어.

나 안 간다옹!

퐁키, 진짜 안 나갈 거지? 루디야, 나가자!

결국 퐁키 빼고 나갔는데, 홈캠에서 멍 때리는 퐁키가 보이더라고.

까득

까득

결국 뼈다귀 동행 결정! 안 걸을 때마다 보여 주며 유혹했지.

퐁키야, 뼈다귀~!

콩~

콩~

내 거다옹! 냠냠~.

이제 안 속는다옹.

털썩

짜잔!

하도 그랬더니 나중에는 관심도 없더라. 암튼, 뼈다귀 덕분에 퐁키 산책 성공!

간단한 간식 2가지 만들기

강아지 간식은 주변에서 쉽게 구할 수 있는 재료로 만들 수 있어요. 그리고 직접 만든 간식은
방부제를 첨가하지 않기 때문에 더 건강하게 먹일 수 있지요. 다만 소비 기한이 짧기 때문에 만들어
놓은 뒤, 적당량 소분하여 냉동 보관하고 급여하는 게 좋아요.

출처: 더소이(@thesoy_yoonso) • Instagram

단호박 우유껌 만들기

재료
락토프리 우유 또는 펫밀크, 한천 가루, 단호박 가루,
파슬리 가루(없어도 됨), 용기, 냄비, 식품 건조기

만드는 순서

① 우유 1L에 한천 가루 15g을 넣고 잘 저어 주세요. 그리고 30분간 실온에서 불려 줍니다.
　※강아지가 일반 우유를 먹으면 탈이 날 수 있으니, 꼭 락토프리 우유 또는 펫밀크를
　　사용하세요.

② 불린 우유는 약불에서 20분간 끓여 줍니다.
　끓이는 동안 우유가 넘치거나 냄비 바닥에 눌어붙지 않게 계속해서 저어 주세요.

③ 끓인 우유의 ½ 정도를 내열 용기에 부어 줍니다.

과정 ② 모습

과정 ③ 모습

④ 내열 용기에 붓고 남은 우유에 단호박 가루 20g을 넣고 잘 저어 준 다음 용기에 부어

주세요. 단호박 가루 대신, 단호박이나 당근, 브로콜리 등 반려견이 좋아하는 채소를 쪄서 믹서기에 갈아 준 다음, 넣어 줘도 좋습니다.

⑤ 우유가 굳기 전에 파슬리 가루를 약간 뿌려 줍니다. 파슬리 가루 대신, 바질 가루를 뿌려 줘도 좋아요.

과정 ④ 모습   과정 ⑤ 모습

⑥ 용기에 부은 우유를 냉장고에 넣어 2~3시간 동안 굳혀 줍니다. 굳힌 우유를 손으로 만졌을 때 탱글탱글하다면 잘 굳은 거예요.

⑦ 냉장고에서 굳힌 우유는 강아지가 먹기 편한 크기로, 길쭉하게 잘라 주세요. 추후 건조 시, 크기가 1/3로 줄어들기 때문에 완성 크기를 생각해서 잘라야 합니다.

과정 ⑦ 모습   과정 ⑧ 모습

⑧ 알맞은 크기로 자른 후, 식품 건조기 트레이에 서로 붙지 않게 간격을 두고 올려 줍니다. 그리고 건조기의 온도를 70℃로 맞추고 12시간 동안 건조시켜 줍니다. 이때 중간에 한 번 뒤집어 주세요.

⑨ 건조된 우유껌은 소분하여 보관합니다. 3일 이내 먹일 수 있는 양은 냉장 보관하고 나머지는 냉동 보관해 주세요.

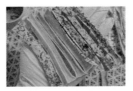

루퐁이네 우유껌 완성!

무염 치즈 만들기(강아지 코티지 치즈)

재료
락토프리 우유, 레몬즙 또는 식초, 냄비, 거름망 또는 채, 용기

만드는 순서

① 락토프리 우유 1L를 냄비에 붓고 약불에서 저어 가며 끓여 줍니다.
　※ 끓는 동안 우유가 흘러 넘칠 수 있으니 넉넉한 크기의 냄비를 준비하세요.

② 우유가 끓기 시작하면 불에서 내려 레몬즙이나 식초 5 숟가락을 넣고 살짝 저어 줍니다.

과정 ① 모습

Tip. 사람용 코티지 치즈는
일반 우유에 생크림, 소금,
레몬을 넣어 만들지만
강아지용은 락토프리 우유와
레몬만 사용해요.

③ 우유에 레몬즙이나 식초가 잘 섞였다면, 유청과 커드(굳은 단백질)가 분리될 때까지 잠시 기다려 줍니다.

④ 과정 ③ 이후, 우유가 순두부처럼 엉기는 모양이 되면, 우유를 건져 채에 부어 남은 물기를 없애 줍니다.

과정 ④ 모습

유청과 커드를 분리한 모습

⑤ 완성된 치즈는 용기에 담아 냉장 보관하고, 3일 이내에 급여합니다.

루퐁이네 치즈 완성!

강아지 간식은 우리 집 반려견이 좋아하는 재료로 만들면 더 좋아요. 다만 섭취하면 안 되는 음식도 있으니 꼭 알아 두세요.

1. 자일리톨

강아지가 자일리톨을 먹게 되면 저혈당, 간부전 등의 증상이 발생할 수 있다고 합니다.

2. 아보카도

아보카도에 들어 있는 특정 성분이 강아지에게 해롭다고 해요. 따라서 강아지가 아보카도를 먹으면 구토, 설사, 위장 장애 등이 발생할 수 있습니다.

3. 양파, 마늘, 파

양파, 마늘, 파는 강아지 적혈구를 감소시킬 수 있어서 먹으면 빈혈이 나타날 수 있어요. 소량만 섭취해도 구토나 호흡 곤란 증세가 올 수 있습니다.

4. 포도

포도와 건포도는 강아지 신장에 손상을 일으켜 급성 신부전증을 유발할 수 있어요.

5. 덜 익은 토마토

잘 익은 토마토는 강아지가 먹어도 문제가 없지만, 덜 익은 토마토를 먹으면 소화 장애, 심장 이상, 몸 떨림 등의 증상이 나타날 수 있어요.

6. 초콜릿

사람이 먹는 초콜릿은 강아지에게는 독이 됩니다. 강아지가 초콜릿을 먹으면 구토, 설사, 고열, 근육 긴장, 호흡 곤란, 저혈압, 발작 및 경련 등의 증상이 나타날 수 있어요.

그 밖에도 카페인이 함유된 음료, 간이 강한 음식, 기름진 음식 등은 강아지가 섭취하면 안 돼요. 또 강아지가 음식 알레르기를 가지고 있는 경우 그 원인을 파악하고 섭취를 조절해야 합니다.

Chapter 3

루퐁이의 여행

-포토 화보-

★루퐁이네 제주 여행기★

we ♥ Jeju

루퐁이가 제주도에 왔다~!

we ♥ mandarin

제주도, 퐁키가 접수한다옹!

제주도 바람이면… 모자의 바람개비도 돌아가겠지?

Traveller Rupong

Rudy on the bed

풍키야~ 언니 어때? 완전 분위기 여신으로 나오지 않았어?

Pongki on the bed

언니, 여행 사진은 무조건 스마일! 난 언제나 활짝 웃지~

나의 꽃미모 어때?

제주도 바람 죠아~~~

Rudy

루디도 귀욤 깜찍할 수 있다규! 뀨우~!

엄마?? 거기서 뭐 해? 몰래 꼬기 먹는 건 아니지?

이 정도면 강아지 모델 해도 되겠지?

Pongki

물 주세여~~

엄마, 같이 가!

재는 누군데 저렇게 크지? 옳옳!

세상에는 큰 게 엄청 많구나!

여행도 좋지만, 역시 난 눕는 게 체고다옳!

Rudy & Pongki

우리는 루퐁이네!

작지만 소듕한 강아지

루퐁이네는 영원하리!

we are a family

루디의 비밀 일기

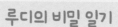

엄마는 나 혼자 차지할 수 있었는댕.
계획에 없던 쪼꼬미가 생겼다.
이런… 뭐 어쩌겠어~
동생이 생겼으니 예뻐해 주지모.

엄마네 집에 왔는데, 엥?
나보다 먼저 온 강아지가?!
심지어 언니라규? 흐음…
나도 이제 언니가 생겼다뭉! 죠타!

여기는 루퐁이네

똥꼬발랄 강아지 자매의
러브 하우스

루퐁이네 집에 오신 것을
환영합니다!

루디
#쌈바요정
#소심한 인싸

풍키
#옳옳쟁이
#용맹한 겁쟁이

쌈바!

으응
렁리!

대한민국 최고의 셀럽 강아지

유쾌하고 사랑 가득한 루퐁이의 일상이 담긴
[THE SOY] 루퐁이네의 포토 에세이

루디랑 퐁키랑

★우리들의 이야기★

아직도 어린아이인 퐁키와 언니 같은 루디의 주치의가 된 지 3년이 되어 갑니다. 루디와 퐁키의 건강을 책임지고 있지만 사실은 이 아이들을 보면서 힐링하고 있습니다. 독자 분들도 루디와 퐁키를 보면서 지친 마음을 위로 받는 시간을 보내시기 바랍니다.

– 수의사 현창백

2016년, 우연히 퐁키가 방바닥과 싸우는 영상을 보며 퐁키에게 빠져들었고, 그 옆의 착하디착한 루디를 사랑하게 되었습니다. 이 책으로 루디와 퐁키의 지난 날을 함께 웃으며 공유하고, 먼 미래에 이 책으로 또 다시 그 시절을 추억할 수 있을 거라 생각합니다. 독자 분들도 이 책을 통해 행복함과 따뜻함을 느끼시면 좋겠습니다.

– 펫크리에이터 순덕순덕

사랑둥이 강아지 자매의 다음 이야기도 기대해 주세요.

1판 1쇄 발행 2023년 3월 20일
1판 3쇄 발행 2023년 4월 20일

지음 | 루퐁이
구성 | 최진규(옥토끼 스튜디오)
감수 | 샌드박스네트워크
발행인 | 심정섭 **편집인** | 안예남
편집 팀장 | 최영미 **편집** | 조문정, 허가영 **디자인** | 권빈
브랜드마케팅 | 김지선 **출판마케팅** | 홍성현, 김호현
제작 | 정수호

발행처 | (주)서울문화사
등록일 | 1988년 2월 16일 **등록번호** | 제 2-484
주소 | 서울특별시 용산구 새창로 221-19(한강로2가)
전화 | 02-791-0708(판매), 02-799-9171(편집), 02-790-5922(팩스)
출력 | 덕일인쇄사 **인쇄처** | 에스엠그린

ISBN 979-11-6438-725-3 (04810)

★여기는루퐁이네★